시끌벅적 글자 놀이터

박혜선 시 • 차상미 그림

자음과모음

 시인의 말

지금부터 넌 글자 마법사!

시를 생각하면 웃음이 나와. 엉뚱한 상상이 나를 웃게 만들지. 시를 쓰다 보면 내가 글자 마법사로 변신해.

이 말 저 말 요 말 조 말……. 수많은 말을 넣고 끼우고 맞춰 알맞은 말의 자리를 찾아 줄 때는, 신비롭고 재미있는 놀이를 하는 것 같아.

어때, 우리 함께 글자 마법사가 되어 시를 찾아 떠나 볼까?

어디로 가냐고? 바로바로 학교야. 학교에서 만나는 신나는 글자 놀이터!

자, 교문을 들어서며 눈은 어디든 보겠다며 반짝반짝 귀는 무엇이든 듣겠다며 쫑긋쫑긋 마음은

무엇이든 담겠다는 생각으로 활짝활짝 열어두는 거야.

처음 학교에 들어섰을 때를 떠올려 봐. 두근거리지만 무섭고, 설레지만 두려운 마음도 있었겠지. 교문은 커다란 성처럼 보이고 저 성으로 들어가면 괴물이 있진 않을까? 이런 걱정을 했을지도 몰라.

하지만 교문 앞 문지기처럼 나를 반기는 나무들, 교실 책상과 의자, 종일 나와 함께 뛰어다니는 실내화, 책가방, 연필, 지우개…….

어디 그뿐이야?

급식실을 넘보는 고양이와 교실을 기웃거리는 참새, 화단에 핀 장미와 이름 모를 꽃들, 그 아래 개미와 달팽이들까지.

그렇지! 학교에서 만나는 수많은 것이 처음에는 어색하고 낯설지만 점점 친구처럼 느껴질 거야. 칠판, 게시판, 사물함, 복도, 화장실…… 나는 글자 마법사가 되어 이 모든 것을 놀이터로 불러들이지.

그리고 신나게 노는 거야. 놀면서 연필의 속내를

알게 되고 칠판의 억울함도 보게 돼. 눈에 보이는 모든 사물의 마음을 궁금해 하겠지.

글자도 마찬가지야. 글자 너머에 있는 것을 들여다보기 위해 노력한다면, 글자의 마음까지 이해하게 될 거야.

무슨 말을 할까? 이 말은 어떤 뜻이고 어떤 의미일까? 하나하나 알아 가는 동안 어느새 몸도 마음도 부쩍 자란 나를 발견하겠지.

지금부터 넌 글자 마법사! 세상의 모든 글자 놀이터를 탐험하는 거야. 준비물? 말했잖아. 반짝이는 눈과 쫑긋한 귀 그리고 무엇이든 담을 넓은 마음.

그리고 하나 더, "나는 최고의 글자 마법사"라는 주문을 꼭 기억하고 떠나렴.

교문을 들어서는 모든 어린이를 응원하는
박혜선

차례

시인의 말 • 5

제1부

학교야, 들어가도 되겠니?

교문 • 14

사물함 • 16

다짐만 백만 번 • 18

사이 • 19

실내화 • 20

최고의 단짝 • 21

받아쓰기 • 22

책가방 • 24

인사 • 26

실로폰 • 29

선풍기 • 30

4교시 체육 시간 • 33

연필의 결심 • 34

제2부

준비물은 늘 준비만 하고

운동화 • 38

신발장 • 41

준비물 • 42

주인을 위해 • 43

자 • 44

길고양이 출석부 • 45

그림자 • 46

목련 나무가 우리 교실을 기웃거리는 이유 • 48

궁금해 • 50

피아노 • 52

바람의 말 • 53

일기장 • 54

제3부
난 가끔 내 이름을 불러

선생님 • 58

라일락꽃이 피었습니다 • 59

화장실 • 60

게시판 • 62

손수건 • 63

지우개 • 64

억울한 칠판 • 65

즐거운 읽기 • 66

그냥 큰 줄 아니? • 69

보건실 선생님이 제일 좋아하는 말 • 70

운동회 • 72

내가 나에게 • 74

제4부

놀이터에서 더 놀다 가자!

곰곰이 • 78

씨씨씨 • 80

칭찬 스티커 • 81

엄마가 봤다면 • 82

쓰레기통 • 83

시계의 속셈 • 84

비교 • 86

글자 놀이터 • 88

필통의 마음 • 90

반성 • 92

마침 • 93

생일 축하해 • 94

잘잘잘잘 • 96

제1부

학교야, 들어가도 되겠니?

교문

똑똑!
들어가도 되겠니?
물어보지 않아도

활짝!
문을 열고
내가 오기를 기다려

문지기 은행나무
두 그루 세워 놓고.

사물함

교실에
작은 집

칸칸이
함께 모여 있는 집

가위, 풀, 색연필, 비밀 수첩까지
물건들을 지켜 주는 집

문패처럼
최시원
이름표 달려 있는

고마운
집.

다짐만 백만 번

선생님 말씀 잘 들어야지
대답도 잘하고
글씨도 또박또박 잘 쓰고
뺄셈도 잘하고
다 잘해야지

딴생각 안 하고
연필로 톡톡톡 책상도 안 치고
지우개도 들었다 놨다 안 하고
뒤도 안 돌아보고
다 안 해야지

아침마다 교문 앞에서
다짐만 백만 번.

사이

책상과 의자 사이를
내가 멀어지게 했다
엉덩이를 쭈욱 빼고
책상에 엎드려 있는 나 때문에
둘 사이가 멀어졌다

"바른 자세로 앉아야지!"
선생님이 책상과 의자 사이를
다시 이어 주었다.

실내화

"안에서만 놀아라."
교실
과학실
음악실
보건실 안은
잘도 다닌다

그러나
절대 가지 못하는 한 곳
운.동.장
도대체 저곳은 어떤 곳일까?
실내화는 종일
밖이 궁금하다.

최고의 단짝

우린 어릴 때부터 친구였어
우린 같은 아파트 살거든
우린 같은 유치원 나왔어
우린 같은 태권도 다니거든

우린 화장실 같이 가는 사이야.

받아쓰기

연필이 나보다 더
떨리는지
공책 앞에서

달달달달
온몸을
떨고 있다

'누가 내 손 좀 잡아 줘.'
속으로 이 말
열 번도 더 했을 연필
나도 그렇다.

책가방

치!
일은 내가 했는데
매일매일 학교 가고
공부하고
책을 담고
낑낑거리며 다녔는데

치!
체험학습은
다른 가방이랑 간다
소풍, 놀이공원……
좋은 곳은 꼭 나 빼놓고 간다.

인사

책상아, 고마워
책상 위에 공책
공책 위에 연필
연필 옆에 지우개
지우개 옆에 필통……

꾸벅꾸벅
고개가 알아서
꾸벅꾸벅
모두에게
고마워 인사를 하는 거야

나, 절대 조는 거 아니야.

실로폰

더하기할 땐
딩동댕동
소리를 잘도 더하더니

빼기할 땐
다른 소리 다 빼고
땡!
이 소리만 낸다

"땡!"
실로폰 소리가
머릿속을

"텅!"
비게 만든다.

선풍기

교실 천장에 달려 있는
선풍기
에어컨에게 일자리 내주고
쉬고 있다

잘 노나?
잘 하나?
할아버지 얼굴로
아이들 내려다보며 웃고 있다.

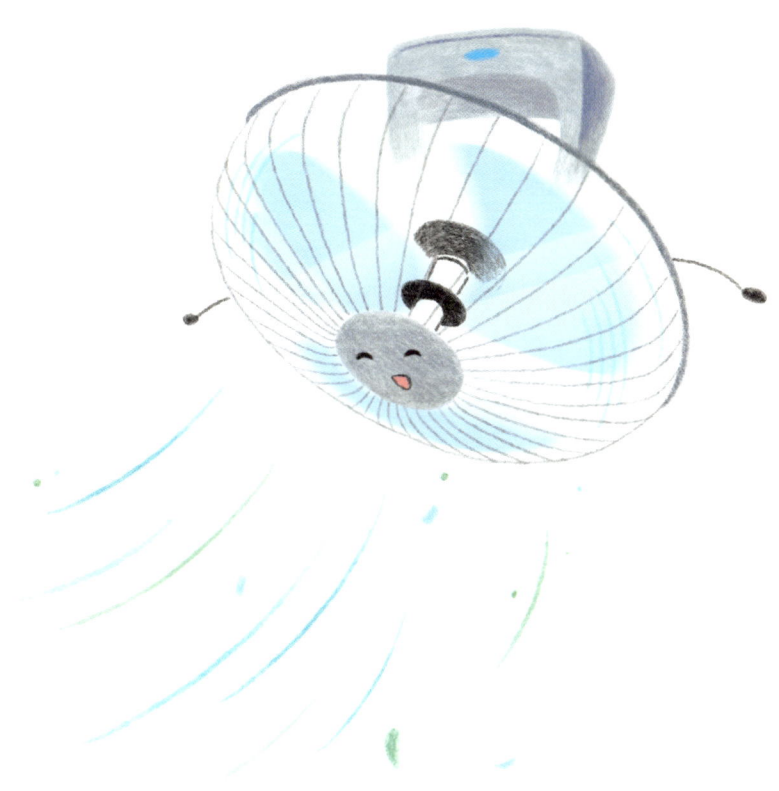

4교시 체육 시간

새야!
위에서 보면
커다란 피자 같지?
맛있는 피자 같지?
운동장 말이야

너, 배고프구나?

얘!
아래에서 보면
커다란 호수 같지?
구름이 물고기 같지?
하늘 말이야

너도 배고프구나?

연필의 결심

나 때문에 힘들겠다
지우개가

나 때문에 아팠겠다
공책이

나 때문에 눌렸겠다
그 아이 손가락이

온통
나 때문에
나 때문에
나 때문에……

연기처럼
필피리리

사라져야겠다.

운동화

운동화는
집으로 돌아올 때
이 길 저 길
새로운 길을 찾아
폴짝폴짝

"왜 이렇게 늦게 와."
엄마한테 가끔 혼이 났지만
난 운동화가 한 일을 그냥 두기로 했어

궁금증이 많은 운동화랑
꼭 닮은 나니까.

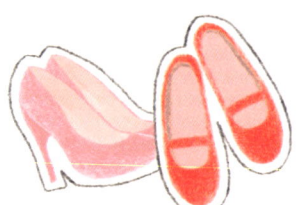

신발장

"오느라 수고했다."
운동화를
구두를
토닥토닥 받아 주고

"조심히 가렴."
운동화를
구두를
토닥토닥 내어 준다

신발들의 할머니처럼
다정하게
따뜻하게.

준비물

이름 때문일까?
준비물은 늘 준비만 하고
출발은 언제 하나 몰라

오늘도 그랬어
나와 함께 온 줄 알았는데
아무리 찾아도 없어
음악 시간 준비물
리코더 말이야

집에 돌아오니
우리 집 신발장 위
아직도 거기 앉아 있더라.

주인을 위해

가만히 있어야지
방에서 나가지 말고
의자에 붙어

꿈쩍도 하지 말아야지

그런데 또 따라나선다
혼자 보낼 수 없다며
학교로 졸졸졸.

자

보이는 대로 달려가
길이를 재지
옷핀, 나사못, 딱풀……
그럼, 자는 그러려고 있는 거지

누가 누가 더 길까
궁금해서 못 참지
크레파스, 색연필, 사인펜……
그럼, 자는 그런 재미로 살지

툭툭, 머리를 치는
쿡쿡, 등을 찌르는
착착, 손바닥을 내리치는
그런 일은 딱 질색이지
"자, 그럼 우리 나뭇잎 길이를 재러 갈까?"

길고양이 출석부

하루에 한 번은 꼭
얼굴 보여 줬는데
출석부에 콩콩 발자국 찍었는데

나타나지 않는다
아픈 걸까?
돌봐 줄 엄마도 없는데
전학 간 걸까?
연락할 방법도 없는데.

그림자

문득 이런 생각을 했어
나 말고 그림자가 내 자리에 앉아
공부를 하는 거야
그럼 조용하겠지?
그럼 선생님 잔소리도 사라지겠지?

그러다
"심상우 말해 보세요."
"임유진 대답해 보세요."
입 꼭 다물고 있는 그림자들

답답하겠지?
심심하겠지?
조잘조잘 참새 같다던 우리가 보고 싶겠지?

그래서 오늘도
유진이랑 조잘대며
교실에 들어선다

"선생님, 안녕하세요."

목련 나무가 우리 교실을 기웃거리는 이유

안에 있으면
밖이 궁금하지
수업 시간 창밖을 보는
나처럼

우리 교실이
목련 나무에게는 밖일 테니까
궁금해서 견딜 수가 없겠지
나처럼.

궁금해

창가에
화분

화분이 있는
저 자리

의자일까?
침대일까?

졸고 있으면
침대
생각에 빠져 있으면
의자

그럼

놀고 있으면?

침대든 의자든
다 놀이터.

피아노

오늘
피아노는 즐겁지 않은가 보다
솔솔솔솔
라라라라
노래를 잘도 부르더니

시시시시
파파파파
자꾸 시비만 건다.

바람의 말

바람이 말을 한다
태극기랑 말할 땐
펄럭펄럭
은행나무랑 말할 땐
차르륵 차륵
소나무랑 말할 땐
쏴아쏴아 쏴
깡통이랑 말할 땐
캉카르르 캉캉
가끔은 혼자 중얼거리기도 한다
휘이잉 휘리리링

바람 너,
도대체 몇 개 국어를 하는 거야?

일기장

'나는 오늘 학교에 갔다.'

일기장을 걷는 연필
늘 같은 길을 간다

또각또각
연필 발자국

어제 찍힌 글자들이
오늘 또 찍혔다

일기장아, 너도 지겹지?
연필 좀 봐
얼마나 가기 싫으면
그대로 잠들어 버렸어.

제3부

난 가끔 내 이름을 불러

선생님

학교에 있는 건
다 선생님 같아

오늘은 소나무가
선생님

"소나무처럼 늘
푸른 꿈을 꾸렴."

소나무의 꿈은 뭘까?
소나무처럼 푸른 꿈은 어떤 꿈일까?

라일락꽃이 피었습니다

"무궁화꽃이 피었습니다."
"무궁화꽃이 피었습니다."
놀고 있는 아이들 보며
무궁화가 투덜투덜

아직 꽃피려면 멀었는데
왜 자꾸 보채니?
저기, 라일락한테 가서 놀아.

화장실

갈 때 다르고
올 때 다르다

갈 땐
다다다
뛰어가고

올 땐
느릿느릿
실실거리며 온다.

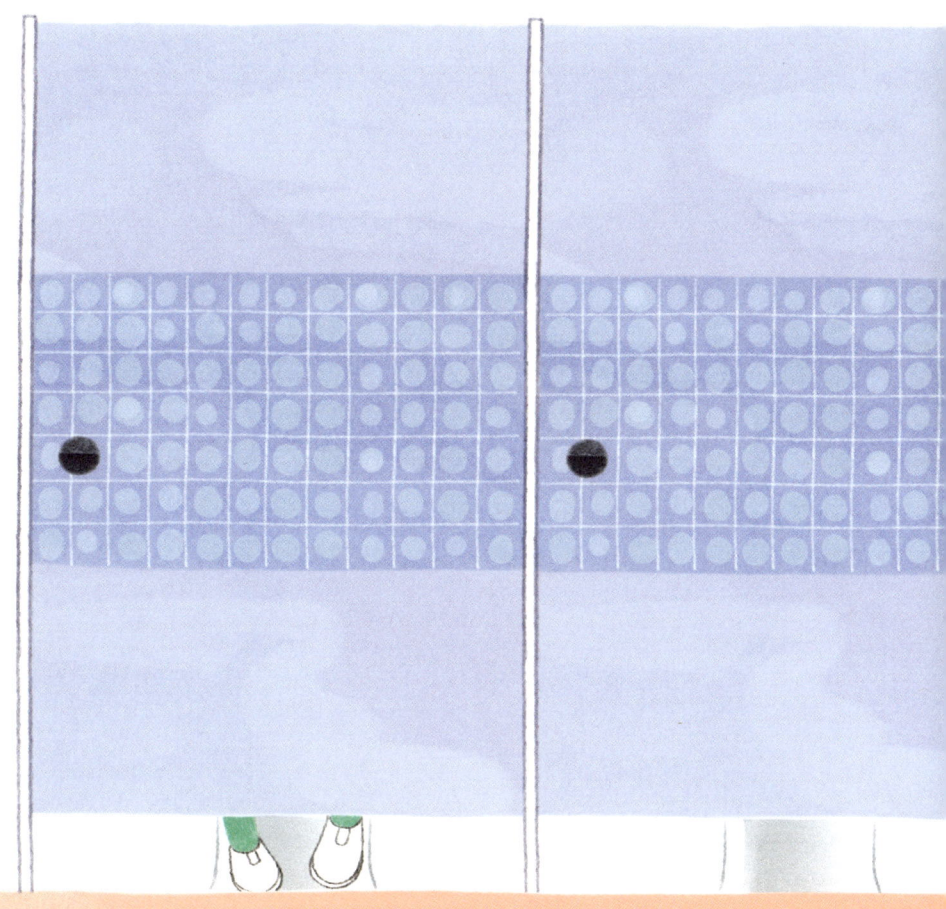

게시판

마트에 진열된 물건처럼
게시판에 작품들

마트의 물건들은
고객을 기다리고

게시판에 걸린 우리들 작품은
공개 수업 날에 올 손님들을 기다린다.

손수건

발수건도
머릿수건도 아닌
작고 예쁜 손수건으로 살게 해 준
손이 고마워

눈물을 닦고
땀을 닦고
손이 하는 일을 돕다가도
마지막은 언제나

톡톡톡
손을 어루만진다.

지우개

지울수록
사라지는 걸 알면서도
지우고 지우는 지우개

지우개는
타고난 자신의 운명은
끝내 지우지 못했다.

억울한 칠판

떠들고
조는 아이들 대신
칠판이 혼이 난다

바른 자세로
쓰고 그리며
뭐든 열심히 하는 칠판

"집중! 여기 봐야지."

탁! 탁! 손바닥으로
쿡! 쿡! 분필로
선생님께 맞고 있다
칠판이.

즐거운 읽기

책을 읽는다
일기를 읽는다
글자를 읽고
숫자만 읽는 줄 알았는데
세상엔 읽을 게 참 많다는 선생님

행동을 읽고
마음을 읽고
표정을 읽는다는 선생님

그러고 보니 읽을 게 많다
방금 난 축구공의 마음을 읽었다
더 놀고 싶다 하는
친구의 표정도 읽었다
체육 시간이 한 시간 더 늘어났으면 하는

나는 뭐든 잘 읽는 사람이 되겠다.

그냥 큰 줄 아니?

그냥 크는 건 아무것도 없다는
엄마 말
무슨 뜻인 줄 알았다
어제까지만 해도 입 꼭 다물고 있던 장미
오늘 활짝 피었다

학교 오며
'언제 필까?'
집에 가며
'어떤 색으로 필까?'
웃으며 말 걸고 매일매일 봐 줬는데
꽃피우는 데 보태 준 거였구나

나는 보탬이 되는 사람이다.

보건실 선생님이 제일 좋아하는 말

상처 난 곳 소독하기 전에
약 발라 주기 전에
밴드 붙여 주기 전에

호~
호~

호~ 많이 아팠겠다
호~ 많이 속상했겠다

그 말 들으면
따끔거렸던 게 사라지고
마음이 괜찮아진다.

운동회

선생님 책상 위에서
콩! 참 잘했어요.
콩콩! ★★
콩콩콩! ♥♥♥
찍으며 놀던
도장이

드디어 밖으로 나왔어요
운동장을 달려온 아이
손등에

①
②
③
쿡쿡쿡 찍어 주며
같이 뛰어놀아요.

내가 나에게

다른 사람이 부르는
내 이름

속상할 때
억울할 때
내가 가끔 내 이름을 불러 줘

"너 때문에 졌잖아."
"그것도 못하냐?"
오늘이 바로 그날

"김서한! 괜찮아?"

곰곰이

"곰곰이 생각해 봐."
곰곰이 생각했어
곰이 되어 생각했어
귀여운 곰
깜찍한 곰
웃음이 나왔어
"채원아, 놀린 거 미안해."
먼저 사과할 줄 아는 멋진 곰
용감한 곰
기분이 좋아졌어.

씨씨씨

예의도 없이 불안 씨가 들어왔어
노크도 없이 훅 들어왔어
걱정 씨도 슬쩍 따라왔지
내 마음에서 나가라고 해도
들은 척도 안 하고 두근두근 씨까지 불러 놀고 있어

"시험지에 꼭 이름 쓰세요."
내 이름 말고
불안 씨
걱정 씨
두근두근 씨를 썼어.

칭찬 스티커

이파리 다 떨어진 감나무
참새가 잎처럼 열매처럼
달려 있어요
짹째르르
바람에 날리듯 흩어졌다
짹째재잭
다시 붙어 바람에 흔들리는
참새 나무

참새에게 칭찬 스티커를 주세요
백 장은 있어야겠죠?

엄마가 봤다면

학교의 나무들은
학교를 떠나지 않는다
우리 학교 꽃, 장미는
우리 학교 나무, 은행나무는
칠십 년이 지났는데도
졸업을 하지 못했다
학교가 보내 주지 않은 걸까?
학교를 떠나기 싫은 걸까?

'만날 밖에서 놀고 있더니
쯧쯧, 공부 좀 하지!'
엄마가 봤다면
아마 이렇게 말했겠지.

쓰레기통

목욕하고 싶어
깨끗한 날이 하루라도 있으면 좋겠어
가끔은 텅 빈 채 있었으면 좋겠어
발로 차지 않으면 좋겠어
내 앞에서 인상 찌푸리지 않았으면 좋겠어
마지막으로 쓰레기는 제발 나한테 주면 좋겠어
아무 데나 버리면 내가 좀 그래
난 뭔가? 싶거든.

시계의 속셈

시계에게 시간표를 짜게 했어
체육 시간 많이
점심시간 길게
쉬는 시간 오래

시계가 짜놓은 시간표
수학
수학
국어
국어
공부 시간만 길게, 많이

"종일 매달려 있어 봐.
빈 교실은 정말 싫어.
공부 시간에 몰래 딴짓하는 아이들
보는 재미라도 있어야지."

비교

"보건실 앞 봉선화는 벌써 폈는데
급식실 앞 봉선화는 아직도 안 폈네."

그런 말 하지 마
넌 비교하면 기분 좋겠니?

글자 놀이터

학교 교실 실내화 화요일 일기장 장난꾸러기
"나? 나 아니야."
"알아, 다시!"

장난꾸러기 기분 분수 수학 학생 생수
수저 저녁놀 놀이터
"놀자고? 그럼 운동장에서 조금만 놀다 가자."
"그래, 좋아."

필통의 마음

좁아도 집이 최고지
빠진 연필이
빠진 지우개가
필통은 자꾸 신경이 쓰인다

집에도 안 들어오고
어딜 나가 노는지

필통은
통 잠을 이루지 못한다.

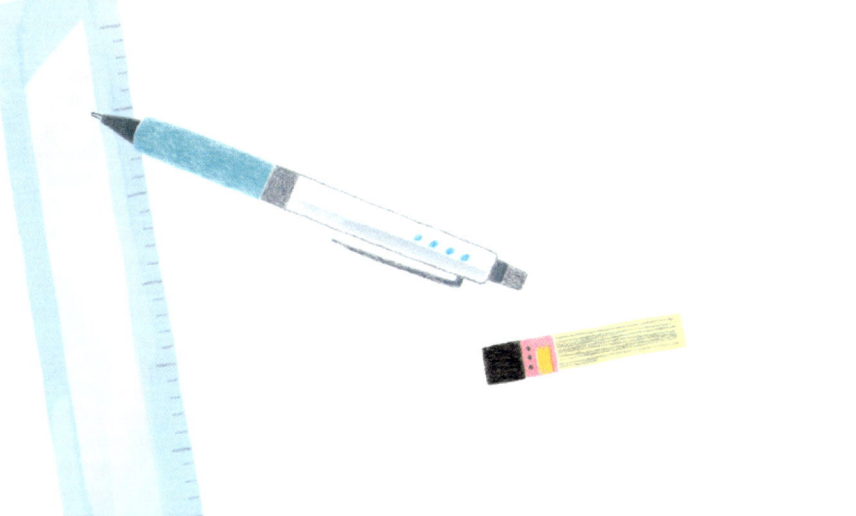

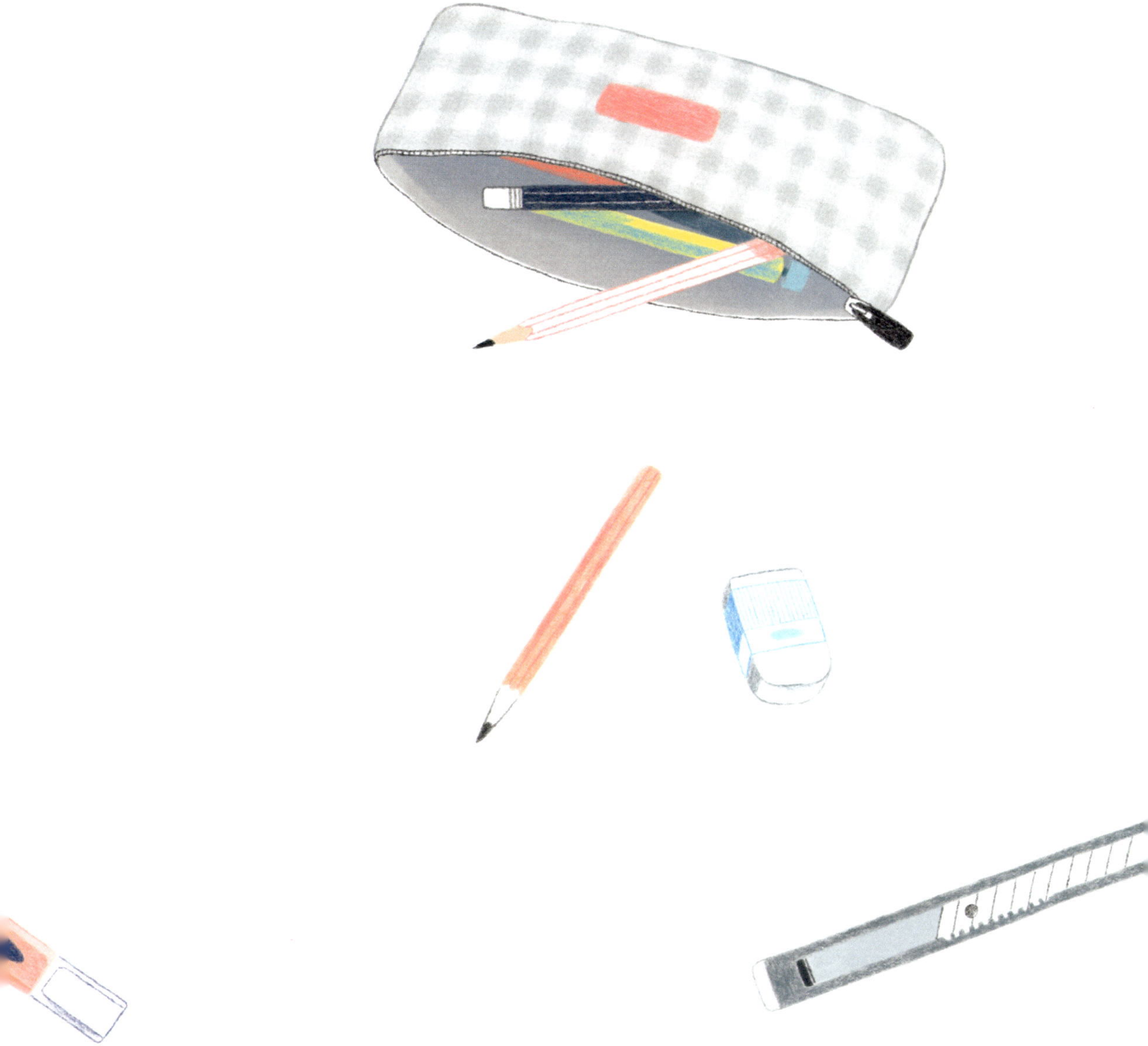

반성

컵이
거꾸로 뒤집혀 자신을
돌아본다

오늘 하루도 열심히 살았나?

마침

"이 문제 풀 수 있는 사람?"
마침 콜록콜록
기침이 날 살렸다
선생님이 교실을 휘 둘러보자
유진이도 콜록콜록
채원이도 콜록콜록
기침이 우리를 살렸다
때마침 울리는 종소리
때마침 기침도 뚝
"야호!"
여기저기서 들리는
외침
"야호!"
신나게 수업 마침!

생일 축하해

내가 태어난 날, 박수 소리 참 컸지
수많은 사람이 웃으며 축하해 줬는데……
벌써 칠십 년이 흘렀구나

지금까지 잘 살아왔을까?
앞으로는 또 어떻게 살아야 할까?
나를 거쳐 간 그 많은 학생은 어디서 무얼 하고 있을까?

학교가 자기를 돌아보며 지내고 싶은 날
같이 늙어 가는 은행나무와 옛날 일 떠올리며
조용히 지내고 싶은 날

그래서 개교기념일에는 학교에 가지 않는다.

잘잘잘잘

글씨 잘 써라
대답 잘하자
숙제 잘해라
일기 잘 쓰자

잘잘잘잘
잘하기 힘든 잘

방학 동안
잘 먹고
잘 놀고
잘 자고
잘 보내라

잘잘잘잘

잘하기 쉬운 잘

네,
선생님도 방학 동안
잘 지내다
잘 만나요!

ⓒ 박혜선·차상미, 2025

초판 1쇄 인쇄일 2025년 2월 24일
초판 1쇄 발행일 2025년 3월 10일

지은이　　박혜선
그린이　　차상미
펴낸이　　정은영

책임편집　　유지서 전욱진
크로스교정　정사라
편집　　　　서효원 장새롬 이주연 윤가영
디자인　　　이선희
마케팅　　　최금순 이언영 연병선 송의정
제작　　　　홍동근

펴낸곳　　(주)자음과모음
출판등록　2001년 11월 28일 제2001-000259호
주소　　　10881 경기도 파주시 회동길 325-20
전화　　　편집부 (02)324-2347, 경영지원부 (02)325-6047
팩스　　　편집부 (02)324-2348, 경영지원부 (02)2648-1311
이메일　　ezbook@jamobook.com

ISBN　978-89-544-5254-0 74810
　　　　978-89-544-5252-6 (세트)

잘못된 책은 구매처에서 교환해 드립니다.
저자와의 협의하에 인지는 붙이지 않습니다.